沒有勇氣
對你說

明士心、
藍色水銀、
君靈鈴、
汶莎、
六色羽、
葉櫻————合著

天空數位圖書出版

目錄

沒有勇氣對你說
——上篇

作者：明士心

／

陳梓麟，信晴高中二年級。

陳梓麟的校園生活沒有過得很多姿多采，大概跟他的不起眼有關。

他外貌平庸，並沒有帥氣的長相，留一頭烏黑的短髮，架着最普通的黑框眼鏡，身材中等瘦削；沒有出類拔萃的學業成績，只維持一般的排名；不是到處惹麻煩的壞分子，但也不是什麼校隊的風頭人物。

他就像電視劇裏面，坐在班房一旁沒有名字的角色一樣平凡。雖然朋友很多，但卻都是男生，幾乎沒有跟幾個女生聊上過。

所以理所當然地，不曾有女生看上他。他從來沒有任何戀愛經驗，無論被表白或表白的經驗皆沒有。

若要說陳梓麟的特別之處，其中一個必然是他對習慣的執著。

　　除了習慣一個人獨處，說到生活上的規律，陳梓麟習慣每天準時六點半起床，只花十分鐘梳洗，每天都會吃自己煮的煎蛋麵，連偶爾轉轉口味也不會。每逢上課天，他都是同一個時間出門上學，從家裏走到附近的公車總站只需要五分鐘，然後他便會乘搭七點半開出的公車回校，每次都會坐在最後方靠左的窗口位置，一路上看着相同的街景，一路聽着電台播放的流行歌。

　　陳梓麟喜歡聽電台 DJ 播歌，是他一式一樣的生活裏其中一樣較為隨機的事，彷彿是某種調味料一樣，輕易把普通一碗麵變出不同口味。

　　今天他聽着 Radiohead 的〈creep〉回校，他很愛聽這位 DJ 的選歌，無論是經典舊歌，抑或時下流行曲，他都樂意細聽。

　　學校每天一共有八節的課堂，陳梓麟唸文科，選修歷史、地理和文學，每星期按着固定的時間表上課。下午四時三十分下課，如果不用在課後約見老師，他基本上不會在學校內逗留，直接走到學校外的公車站，乘坐公車回家，復又看着即將到黃昏的街景發呆。

如上述所言，陳梓麟每個上課天如是這般的規律，從不改變。

直到遇見她之後。

2

信晴高中於九月開學，至今已經兩星期多。

在一個平常的星期三，日光熹微，陳梓麟依舊六點半起床梳洗，煮着一樣的煎蛋麵，不過他在翻蛋的時候，一不小心把蛋黃弄破了，蛋黃汁都流出來了，「哎，真的不小心呢。」，這並不會影響他的心情，反正一個人吃什麼都一樣，雖然說來不免寂寞，但這也是獨身的自由，至少沒有太多煩惱。當然，陳梓麟不知道獨身也可以有煩惱，尤其陷入單方面苦戀的時候，最為痛苦。

吃過早餐後，陳梓麟回到房間，穿好校服，這次領帶打了幾次都不好看，不過他心想，反正老師只理會有沒有繫上領帶，並不會在意是否打得好看，而且，他要趕着乘搭七點半開出的公車，最後匆忙打完領帶就出門了。當然，他同樣坐在公車最

後方靠左的窗口位置。不同的是，今天他的側對面另一個靠窗位置，坐着一個頭上綁着馬尾的女生，她穿着跟自己同一間高中的校服。而最為奇異的是，她不停向陳梓麟投來注視的目光。

由於他一直望向窗外，所以並沒有注意到她是何時登上公車的。

「大概是我的衣服有點皺吧。」陳梓麟只瞥了一眼，就把目光轉回窗外，沒有想太多，繼續聽着電台的歌，看着日復日一樣的風景。畢竟他深知不會有什麼少女漫畫的奇遇情節會在他身上發生，所以也沒多妄想。

公車到站後，陳梓麟不以為意，如常匆匆下車，如常地展開普通不過的上課天。

3

到了第二天，天氣有點陰沉，灰濛的天空下着微微細雨，陳梓麟出門時提着一把透明色的雨傘，繼續他一貫的步伐，走到公車總站等車。

　　登上車後，他照舊坐回左側靠窗的座位上，然後把雨傘收好，放在座位一旁，他左手托着腮，按下電話內的收音機，耳筒旋即傳來一首舊歌，是鄧麗君的〈別離的預感〉，他曾經在一套日本電影中聽過，覺得別有韻味。歌曲播到一半左右，這時他發現平時空置的鄰座上，忽然有人坐下，並小心翼翼地放好雨傘。於是他自然地向右邊看了一眼。

　　是她。

　　昨天那個不時注視着自己，頭上綁着馬尾的同校女生。

　　但陳梓麟不認識她。就像之前所說，陳梓麟在校內並不起眼，也不熱衷於任何課外活動。他的朋友不多，平時主要跟朋友張子宏聊天，下課後也不會在學校多逗留一會，總是直奔回家。所以陳梓麟認識的同校生不多。

　　陳梓麟不習慣被凝視，而他發現身旁的她不時便會轉過頭來看着他。

　　他感覺到自己一直受注視，甚少有被凝視的體驗，所以他感到渾身不自在。他開始偷偷打量身旁這位女生——她和昨日

一樣，綁着一束清爽的馬尾，短齊的劉海讓臉蛋看起來更圓更小，皮膚白皙。

就在陳梓麟看到她的眼睛時，有一剎那，二人目光對上了。

他發覺她的眼睛份外澄澈。

不過，雖然目光正好對上了，但二人並沒有開口說話，陳梓麟更是迅速把目光挪回窗外。

「奇怪呢，這個女生怎麼一直盯着我看呢？」陳梓麟不禁在心底裏好奇問道。

車外風景一直向後退，他倆一直在車廂內保持沉默，而陳梓麟總感覺她時不時便會望過來。直至公車到站，二人相繼下車，他們始終沒有對話。心裏懷著各種疑問的陳梓麟撐起雨傘，加快腳步，走在前頭，雨聲淅淅瀝瀝。

4

「後來我每一次坐車回校時，都見到她在第三個站上車，然後便默不作聲地坐在我旁邊，不時看過來我這邊，卻什麼都沒有講。起初我以為是我的衣服皺了，或是頭髮太亂，害我每

次出門都好好照鏡梳頭呢。」陳梓麟開始跟張子宏說起這件怪事。

「九月至今，差不多有一個月多呢！很奇怪啊！那麼你為何不主動問她？」張子宏不明所以地問道。

「該怎樣開口呢？不會很突兀嗎？」陳梓麟顯露出一副迷惘的表情。

「就直接問她幹嘛一直盯着你看啊！」

「這個問題怎能問出來呢⋯⋯感覺有點自作多情呢！」陳梓麟抓抓頭。

「那你平日有在學校內碰見她嗎？或是在下課回家的時候，有沒有遇到過？」張子宏忽然想起追問。

「在學校裏反倒沒有遇過她呢，可能我也沒有在校內到處走。但到下午下課的時候，車站人很多，我們只在車站對望過幾眼，而且即使上了公車，車裏都站滿人，都沒有機會攀談。」他眼神閃過一下失望。

「什麼沒有機會啦，拜託，明明每天早上都有機會，只是你沒有主動問啦！」張子宏沒好氣地說：「下次你就主動跟她說話啊，講一聲早安也可以吧？」

陳梓麟托一托眼鏡，「好吧，我試一下。」雖然他的確很膽怯，但他更想把事情弄清楚。

「嗯，今天下課如果能見到她一定要問清楚。」陳梓麟握一握拳頭。

然而，當天下課後她並沒有出現在公車站。陳梓麟感到自己好像被看穿了似的，不過他沒有深究，心想明天再算吧。

5

又一個清晨，陳梓麟按照日常的規律，出門前往公車站，登上七點半開出的公車，如常坐在左側的靠窗位置。天空蔚藍澄明，陽光大片灑進來，光線柔和愜意。

這天他沒有戴上耳筒。

原來陳梓麟在不知不覺之間，開始習慣每天等待她上車，靜靜地坐在旁邊。

　　由獨自上車，到不明所以，以至慢慢習慣，再變成期待，原來就一個月多的時間。陳梓麟發現自己開始享受這段靜默的旅程。即使不發一語，二人恬靜地坐在一起，居然也叫他感到一絲快樂。於是他閃過一個念頭：「如果開口說話後會不會反而破壞了這段關係？」不過，他也不清楚這段到底是怎樣的「關係」。

　　她如常地在第三個站上車了，如常地安靜坐在他旁邊。

　　然而，不知道是不懂得如何打開話匣子，或是擔心一開口便說錯話，無論陳梓麟在家練習多少遍，臨場總是無法主動開口跟她打招呼。

　　幾次對望後，他始終把視線望出窗外。

　　「不知道今天電台播的是什麼歌呢？」陳梓麟不禁想起這個無聊問題。

　　結果這天二人還是沒有交談。

6

　　終於上完沉悶的數學課，陳梓麟不知怎的累得伏在桌面上。

　　小息時段，走廊上人來人往。張子宏見陳梓麟並無任何表情變化，就知道他今天始終沒有開口。

　　張子宏走到陳梓麟的座位前，一臉不解地說：「其實你怎麼連打招呼都不敢呢？一個女生天天都偷看你，顯然對你有意思吧！當男生的就主動一下吧！」「我今天出門前確實下定決心要跟她說話的！但是不知道為什麼，每當我們坐在一起時，我就無法好好說一句話。」陳梓麟單手托着腮，一臉相當苦惱。

　　「就找個話題吧，問她讀幾年級，叫什麼名，或者你先自我介紹吧。」張子宏不像陳梓麟，性格較為開朗直率，所以張子宏根本不明白陳梓麟的困擾。

　　「突然有個陌生人在車上跟你介紹自己，這樣不會很奇怪嗎？」

　　「你真的覺得你們是陌生人嗎？」

　　被張子宏這樣反問，陳梓麟一時不懂反應。

　　他的確不認識她，連名字班級都不知道，但是每天這樣結伴坐車回校，陳梓麟對她早就有種莫名的親切感，他甚至覺得自己好像認識她很久似的。

小息鐘聲響起，學生陸續返回座位。

「難得有女生對你有好感，不要白白錯過機會啊！」張子宏知道陳梓麟向來沒有自信，也不多說什麼，唯有拍拍他的肩膊，然後走回自己的座位。

7

下課後，操場上有球隊練習，課室內有人留在自修室溫習，而陳梓麟獨自一人離校，他刻意維持如常的步伐走到公車站。

公車站候車的人密匝匝地排着隊，陳梓麟排在第三個，不時回頭向後看，看看隊中有沒有她的身影。

不過，他沒見到那熟悉的身影。他開始擔心，是不是自己走得太快或太慢，令他錯過遇見她的機會。

陳梓麟若有所失地回到家後，母親剛好端來飯菜，他急急吃過晚飯後，便回到房間。陳梓麟的房間很素淨簡潔，左邊放了一張單人床，右側擺放木書桌及電腦椅，旁邊是胡桃木衣櫃，就此而已，沒有多餘的擺設。

他從書包取出歷史科的課本和筆記本，攤開在書桌上，準備溫習下周的考試。然而，陳梓麟讀着一段又一段文字，卻怎樣也讀不進腦裏。

他察覺到自己開始想念她。

他不明白這段日子以來她的行為在暗示什麼。「是因為我很奇怪嗎？或是她對我有意思？」

當然，即使有過戀愛經驗的男生也會摸不清女生的想法，更何況是毫無戀愛經驗的陳梓麟，更加無法理解任何女生的思維。

然而，陳梓麟唯一知道的是，自己的整個心緒都圍繞着她，一時情緒上來了，竟然開始感到哀傷。他甚至連自己的心意都漸漸弄不清楚——明明一次交談都沒有，連她姓什名誰都不知道，卻怎麼總是日夜牽腸掛肚呢？

他根本無法集中精神，開始在筆記本上亂畫，筆墨逐漸塗滿書頁，後來他索性挪開課本，整個頭伏在桌上。

8

在接下來的周日，陳梓麟和張子宏趁着假日，相約到電動中心。這裏算得上是男生們的基地，到處是年紀相若的年輕男生，吵吵鬧鬧，嬉笑聲不絕。

「進攻啊！不要停滯不前！」張子宏握着手掣，激動地說。

「我已經盡力了！但就是沒有辦法前進啊！」陳梓麟委屈地抱怨。

「主動進攻啊！」

「不行呢！」結果陳梓麟出局了。張子宏一臉不爽地問：「你到底在搞什麼？」

「敵人很強啊！」陳梓麟無奈地說。

「我不是說遊戲啦！你到底何時才肯主動跟她說話啊？拖着不說這樣子好嗎？」

「我也不知道呢⋯⋯」

「不要等到失去了才後悔沒有好好珍惜對方！」張子宏愈趨生氣。

陳梓麟雖然在感情方面十分遲鈍，反應總是慢半拍，但他知道張子宏這句其實除了叮囑他，也是對他自己說的。

「你還沒放下她嗎？」自從張子宏分手後，陳梓麟都不敢過問太多，連她名字也不敢提。

「沒有放不放下的，只是偶爾會想起而已。不過既然她覺得我們性格不合，就當是性格不合吧。」張子宏收起剛才的激動情緒，刻意把視線拉回遊戲熒幕，淡淡然道出，「反正都過去了。」

陳梓麟知道不應再談下去，於是就擅自開始新一輪玩局。

電玩作為消磨時間的玩意，的確十分奏效，兩個男生一直玩至傍晚。

與張子宏道別後，陳梓麟走路回家。他喜歡一個人走路，彷彿遊走在人群之間能令他感到一絲安靜。

他經過家附近的公園。原來思念一個人是沒分時地的，在陳梓麟眼中看到什麼都不是重點，無論是看到公園的鞦韆、滑梯，燈柱，玩耍的小孩，還是抬頭看到的一片灰藍天空，他腦海中浮現的只有她，那個陌生卻又親切的她。

「嗯，明天見面的話。一定要跟她說話。」滿天粉紅霞光下，陳梓麟信步走着，心中默默念道。

9

因為昨晚一直反覆思量如何打開話匣子，陳梓麟幾乎徹夜無眠。故此，星期一的早上他並沒如常起床，他發現自己四肢乏力，額上輕微發熱。他走到客廳，翻開櫃子取出探熱器，才知道原來自己有點發燒。

「出師未捷身先死？」陳梓麟忍不住心裏自嘲。換過衣服後，他只吃過幾塊餅乾，便從藥箱中取出口罩，戴在臉上，一副沒精打采的樣子出門。

「無論如何，今天一定要跟她說話。」在陳梓麟疲憊的眼神中閃過一絲堅定。

陳梓麟踏出家門，朝公車站方向走着，一直默念着各式台詞：「你好！」「早安！」「又見了！」「我叫陳梓麟，你呢？」他唸唸有詞的樣子在別人看過去還以為他在背誦某段詩詞。

當陳梓麟走近公車站的時候，他發現自己的心跳逐漸加速，開始反覆搓揉雙手，狀甚緊張。他有種不成功便成仁的感覺，彷彿只要說錯一句話，或者做錯一個動作，便會在她心目中留下不好的印象，最終這段關係便會告吹。人對於愈沒有把握的事，就愈會着緊焦急。

陳梓麟登上公車，坐在左側的靠窗座位。他記得她就在第三站上車，他一直往窗外看，但他不再是看日日如是的風景，他在搜索，他在探看街上有沒有她的身影。

她上車了，卻坐在另一個空位上。

陳梓麟感到莫大的失落，他帶起耳筒，想藉音樂去驅散此刻的寂靜。

「不要緊，明天再跟她說。」陳梓麟這樣對自己說。

然而，他從沒預料到，往後她不再坐在他身旁。

之後連續幾個月，雖然還是同一班公車，但她再也沒有坐在陳梓麟的旁邊……

沒有勇氣對你說
——下篇（女生視角）

作者：藍色水銀

壹：初見

那是一個陽光燦爛的早晨，金黃色的陽光，從乳白色的窗簾穿越，灑在白色的床單上，媽咪一如往常的敲門，走到我的身旁，親吻我的臉頰，靜靜地看著我一會，然後才把我叫醒。

我穿上制服，整理儀容，鏡子裡的我雖不算美麗，但很陽光，我想，今天是我的幸運日吧！今天一定會遇到好事。於是我帶著愉快的心情出門。

背著書包，打開家門，離開了新家，我再看一眼門牌號碼，然後才走向電梯，這棟大樓，早上很安靜，幾乎沒有人出入，我一路走到公車站才遇到幾個準備搭車上學的學生。

上車後，最後方靠左的窗口位置，有個男生跟我是同校的，不知道他長得怎樣？明天如果再遇到他，就坐他旁邊，好好地瞧瞧吧！還是先熟悉環境要緊，於是我看著窗外直到下車，我慢慢地走向教室，剛剛的男生從我身旁走過，一副黑框眼鏡，身材瘦高，他似乎在趕時間，腳步越來越快，沒多久，就消失在眼前。

貳：情不自禁

這是第二次遇見他，我走到公車站牌旁等車，一樣是那幾個學生，公車來了，他還是坐在相同的位置，上車後，我走到最後一排，坐在他旁邊，而他，戴著耳機聽音樂。

我望著他烏黑的頭髮、憂鬱的眼神、略厚的唇充滿了男子氣概，在他沒發現我的舉動之前，我便把頭轉正，接著，我又開始情不自禁地看他，忽然間，他發現我在看他，但他只是瞄了我一眼，就把目光轉回窗外，而我就這樣一會看他一會看窗外，直到下車。

我悄悄地跟著他，確定他上課的教室後，我才轉向自己的教室，坐在位置上，我開始想著他的樣子，怎麼辦？他的樣子已經在我腦海裡盤旋不去，我是不是喜歡上他了？

參：30公分的距離

今天沒有陽光，窗外下著綿綿細雨，拿傘好像沒必要，但不打開傘，又會被淋濕，所以我拿了一把最輕便的折疊傘，上面有斑馬的花紋，這是父親最愛的雨傘，可是他已經不在我身

旁了。我到公車站時，只期待一件事：不知道眼鏡男是否會出現。

沒有陽光的日子，有些學生搭乘計程車上學，所以公車上的人好少，可是我想坐在他的身旁，於是，我鼓起勇氣，小心翼翼地放好雨傘，在他身旁坐下。他轉頭看了我一眼，彷彿說：奇怪，明明這麼多位置，妳為什麼偏偏要坐我旁邊？

跟昨天一樣，他看著窗外的風景，聽著音樂，而我不時地轉頭看著他的側臉。這時，他發現我在偷看他，換他偷偷打量我，忽然間，我跟他四目相對，他立即把頭轉向窗外。

撐傘走到教室後，我拿出日記，寫下這麼一段話。

> 今天對我來說，是個特別的日子，我上了公車，並坐在他的身旁。雖然還有很多位子，不過我卻刻意跟他坐在一起，兩人肩並肩地坐在一起，當我轉頭看著他的臉龐，他竟也轉頭看著我，眼睛與眼睛之間的距離只有三十公分，雖然只有一瞬間，我想，我成功地引起他的注意了。

肆：習慣

一個多月過去了，只要是有上課的日子，我就會坐在他的身旁。相同的公車站上車、相同的車，身旁坐的人也是相同的他，唯一不同的是他已經注意到我了，我猜，他一定知道我喜歡他吧！？我是女生，我要矜持一點，不可以先開口，可是，他到底什麼時候才要跟我說話呢？好期待喔！他會跟我說些什麼呢？

但他始終沒有開口，只是習慣性地看了看我，又把頭轉向窗外，眼神好像在說：怎麼又是妳？妳到底想怎樣？神情像是欲言又止，我一直期待他先開口，卻遲遲等不到，我好失望，我真的好失望，該怎麼讓他先開口呢？

日記裡已經連續三十七天有他，我好像沒有他不行似的，所以我每天都會在公車上坐在他的身旁，就算兩人都沒開口說話，我可以感覺到：他是喜歡我的，只是，他怎麼都不開口，為什麼？到底為什麼呢？我坐在房間的書桌前，拿起日記，從他出現的那天開始，一頁一頁地翻，腦海裡也出現一幕又一幕的他，公車上和校園裡都有。

伍：換位子

這樣吧！換個位子，看他會不會注意到，然後走過來，問我為什麼不坐在他的旁邊，嗯！這個辦法好。於是，今天的我在上車後，回到第一次跟他目光接觸的位子上，也就是最後一排的另一邊，可是，他只是看了我一眼，然後轉頭向著窗外，偶爾轉過頭來，依然沒有開口，我徹底絕望了。

下了公車之後，我拖著沉重的腳步，好不容易才走到教室，我心想，不行，不能這樣就放棄了，可是，該怎麼辦呢？我真的不知道該怎麼辦？所以我決定每天換位子，有時在最後一排，有時在他正前方，有時離他遠一點，可是，他竟然是個木頭，只會轉頭看我，卻不跟我說話。

幾個月的時間過去了，我每天坐在他前面或是旁邊，我們的目光偶爾會接觸，但他始終是那麼冷漠，只是看我一眼就把頭轉開。快畢業了，難道我的暗示不夠明顯？不對，應該是我不夠吸引力，所以他對我沒感覺，一定是這樣的！我深深嘆了一口氣，垂頭喪氣地離開校園，今天是畢業典禮，沒有看到他的身影，我想，我們之間的緣份已經結束了。

陸：大學開學

　　大學開學了，我如願就讀管理學系，媽咪陪著我到學校，逛了一圈之後，我送媽咪到門口，遠遠就看到了一個熟悉的身影，是他！該走過去打聲招呼嗎？算了，還是別熱臉貼冷屁股吧！省得難堪。這樣好了，先跟著他，看他唸哪一科系，再製造機會給他吧！就這麼決定了。

　　我偷偷摸摸跟在後面，原來他唸的是中文系，可是，唸中文的怎麼會這麼安靜，難道他都不用說話的嗎？反正來日方長，再找個機會跟他說話吧！

　　回到家之後，腦海裡又開始出現他的樣子，這感覺真讓人討厭，明明就很喜歡他，卻不能跟他說話，也不能跟他一起做任何事，怎麼會這樣啦？我快崩潰了。轟！一聲，可怕的情緒火山，終於還是在我心裡爆發了，炙熱的岩漿緩緩流過我的心，這可怕的煎熬實在是痛苦，所以，我決定明天就出現在他的教室前，看他有什麼反應？

柒：第一次聊天

趁這一節沒課，乾脆假裝旁聽吧！他還是喜歡坐在最後面，我假裝沒看到他，一屁股就坐下，然後拿出筆袋跟筆記本，接著轉過頭看著他。

「是你！」

「是妳！」兩個人異口同聲地說。

「妳應該不是中文系的吧？」他一臉疑惑。

「不是，我是管理學系的，這一節沒課，來旁聽的。」

「喔！那以後我們會跟以前一樣，天天見面嗎？」

「當然不一樣了！以前你都不講話。」

「那時候的我還很靦腆，所以不知道如何開口。」

「為什麼今天的你這麼大方呢？」

「實不相瞞，我為了想開口跟妳說話，練習了上百遍，可是見到妳之後，就是說不出口，剛剛不知道為什麼，就這樣說出口了。」

「真的假的？練習了上百遍？」

「當然是真的。」

「教授來了，下課再聊吧！」

「嗯！」

上課時，兩人不時目光接觸，就像在公車上那樣，只是距離從三十公分變成了八十公分，但心靈的距離，卻從無限遠變成零距離，下課後，兩人繼續了剛剛的聊天。

「我叫陳梓麟，很高興在這裡遇見妳。」

「李意涵，這是我的電話，放假可以找我。」我拿出一張卡片，寫下自己的名字跟電話，遞給了陳梓麟。

「筆記本給我。」陳梓麟拿了我的筆記本，在封面的內頁寫下他的名字和家裡的電話。

「我該走了，等等要上課，再見。」

「再見。」

我癡癡望著陳梓麟漸漸遠去的背影，沒有一絲悲傷，卻是無盡的甜蜜，我的嘴角微微上揚，因為兩個人開始聊天了。

捌：太平山上

接下來的幾週，兩個人總會在下課後見面，他們搭乘相同的公車回家，坐在一樣的位子上，但不一樣的是有說有笑，而不再是默不作聲，上學的時候也是，漸漸地，他們像是對真正的情侶了。

「去過太平山嗎？」李意涵問。

「沒有，聽說那裡的夜景很漂亮。」陳梓麟說。

「明天沒課，我們上去看看好嗎？」

「好啊！」

「好多人喔！」陳梓麟說。

「對啊！很多觀光客呢！」

「妳沒說我沒注意到呢！好多外國人。」

兩人手牽手進了纜車，此時乘客已經把纜車塞得滿滿的，李意涵緊緊地依偎在陳梓麟身上，幸福，這兩個字寫在陳梓麟的臉上，他做夢也沒想到，他跟李意涵的感情會發展得這麼快。

才幾分鐘的時間，纜車到站了，乘客們紛紛下車，只有他們兩人還沉浸在幸福的依偎之中。

「都沒人了，我們也下車吧！」陳梓麟說。

「嗯！」

「風好大。」陳梓麟說。

「你的頭髮都亂了。」李意涵說。

「妳也是。」

「別管了，等等再整理，看夜景吧！」

「真的好漂亮。」陳梓麟摟著李意涵，兩人什麼都沒再說，靜靜地看著夜景，旁邊的遊客來來去去。這是一次浪漫的約會，非常甜蜜的約會。

「好冷。」李意涵說。

「對啊！」

「該走了。」

「好！」雖然陳梓麟不想離開，但他也不想讓李意涵受凍，所以他們離開了。

「會餓嗎？」下了纜車後，李意涵問。

「有一點。」

「我們去吃飯吧！」

「妳想吃什麼？」

「乾炒牛河，便宜又好吃。」

「好啊！帶路吧！」

李意涵出發前已經先打聽過附近的狀況，很快就找到她想吃的餐廳，雖然不高級，但對不能吃太貴的學生來說，還是很不錯的選擇。

「好吃吧？」李意涵問。

「好吃。」

「那就認真吃完，牛肉冷掉就會太老。」

「妳對料理很有研究嘛！」

「還可以啦！」

這裡的乾炒牛河的確不錯，比起陳梓麟每天自己煮的煎蛋麵好多了，那已經吃了十年的煎蛋麵。

玖：初吻

　　吃完飯，兩個人來到維多利亞港，這裡也是約會的好地方。兩人並肩而坐，看著眼前的大船跟小船來來往往，還有美麗的夜景，就在此時，李意涵轉頭看著陳梓麟，陳梓麟也轉過頭來看著李意涵，李意涵閉上眼睛，陳梓麟立即意識到她的暗示，他聽過高中同學張子宏說過：女生如果很靠近你，而且又閉上眼睛，就是在等待你的吻。於是陳梓麟毫不猶豫的獻出自己的初吻，這也是李意涵的初吻，或許兩人都是第一次，有些生澀，但卻沒有人願意停止，因為他們等待這一刻已經兩年多了，今天總算有機會實現這個夢想。

　　「妳的臉好紅。」陳梓麟說。

　　「你也一樣。」

　　「很晚了，妳不回家嗎？」

　　「我已經跟媽咪報備過了，今天可以不回去，也可以很晚回去。」

　　「可是我沒有。」

「那就現在打電話啊！」李意涵比著不遠處的公共電話。

「確定要這麼快？」

「怎麼會？我已經等你兩年四個月了。」

「可是……」陳梓麟欲言又止。

「你還想再等一次兩年四個月嗎？」

「不想。」

「那就走吧！」

「去那裡？」

「到了就知道！」

李意涵拉著陳梓麟，進了一家便宜的旅館，他們在此度過了一晚，甜蜜的一晚。

拾：同校六年

兩人關係很快升級成為情侶，他們從早上七點多就見面，上課時各自有不同的教室，但下課後又膩在一起，存夠了錢，就會到那家便宜的旅館，就像第一次那樣。

「今晚別回去。」李意涵在被窩裡說。

「可是今天是我媽生日。」

「那就帶我回家啊！」

「這樣好嗎？」

「有什麼關係，說不定她會很高興。」

「好，我撥個電話回去。」

於是，陳梓麟說了一會的電話。

「怎麼樣？」

「走吧！順便帶個蛋糕回去。」

時間過得很快，轉眼間，兩人已經快要畢業。

「六年了，就快畢業了。」陳梓麟說。

「對啊！我們已經同校六年了，連高中也算的話。」

「畢業後有什麼打算？」

「媽咪年紀大了，我想工作。」

「我想要繼續唸書。」

「很好啊！」

「妳不高興？」

「沒有，我只是因為不能天天見面，有點失落。」

「我可以去找妳啊！」

「這樣吧！我們改成一週見一次或兩次，這樣你可以好好唸書，我也可以全力工作。」

「好，就照妳說的。」

拾壹：企業家情敵

李意涵的工作態度很積極，很快就得到老闆的賞識，並把她調到身邊當秘書，有需要決策的事，也會請她出意見。她還是一週見一次陳梓麟，但面對老闆的全力追求，她卻毫無招架之力。他是富二代，除了身價高，身高和顏值也很高，出入都有跑車代步，最重要的是他很喜歡李意涵。

從小就失去了父親的李意涵，深知金錢的重要，所以陷入了兩難的抉擇，如果拒絕老闆，那就必須另外找工作，而且收

入肯定比現在少很多，但如果接受老闆，那就必須背叛陳梓麟，她無路可走了，只能快刀斬亂麻。

「梓麟，如果有一個富商對我很好，你願意祝福我嗎？」

「妳是說？」

「沒錯，我的老闆正在追求我，他對我很好。」

「我不知道！太突然了。」

「你就是這樣，做什麼都猶豫不決。」

「妳想怎樣？」

「我要你給我答案。」

「什麼樣的答案？」

「娶我，或是分手！」

「給我一點時間考慮。」

「好，下個星期見面時，我要明確的答案。」

一樣的旅館，今天的氣氛卻是十分詭異。

　　不過，企業家的效率總是很高，尤其是面對喜歡的女人，他們從不掩飾自己的企圖，也不會吝嗇，他很快就說服李意涵，上門提親。有一個這樣的男人追自己的女兒，李意涵的母親自然不會反對，很快就答應了婚事。但一週的時間還沒到。

　　「梓麟，我們分手吧！」電話那頭，傳來難以接受的幾個字，李意涵冷冷地說。

　　「不是說好等我一週嗎？」

　　「來不及了，我的母親已經答應這婚事。」

　　「怎麼會這樣？」一時反應不過來的陳梓麟傻了。

　　「就這樣了。」接著李意涵便紅著眼框掛斷了電話。

　　「嘟～～～」

　　眼淚立即佔據了陳梓麟的視線，怎麼會這樣？才工作幾週而已，李意涵怎麼就變心了呢？他不懂，他真的不懂。其實李意涵還是愛他的，但她母親的身體狀況一直不好，再等下去了，房子就沒了，她們家已經沒有任何存款，為了讓李意涵唸大學，她的母親花光了所有積蓄，此時的她們，就像是溺水的人抓住

了救生圈，怎麼可能放手呢！所以，李意涵只好狠心跟陳梓麟分手，就這樣，他們再也沒聯絡……

全文完

沒有勇氣對你說
——下篇

作者：君靈鈴

10

　　她還記得那一天，那是頭一回不是哥哥載她去上課，在失去哥哥之後她決定自己搭公車去上學，但她沒有想到會在車上見到一個長相跟哥哥那般相似的他。

　　看了下他的制服，她發現他跟自己同學校，但這不是重點，重點是太過相似的容顏讓她禁不住也無法思考地頻頻往他那方窺視，她知道他或許發現了，可很抱歉，在這哥哥僅離開她才過了一個月的時刻，她沒有辦法克制自己不去看一張跟哥哥如此相似的臉龐，因為……

　　從小陪伴她到大的那張臉，她再也看不到了，而對她呵護備至總是會載她上課的背影，也從此消失了，為此她跟學校請了一個月的假，但在這條上學的路，她的心依然是被撕裂著，沒有一絲完好。

　　「語晴，真的不要爸爸載妳去嗎？」

　　「不用，我可以的。」

看了眼窗外，方才要出門前母親的詢問還迴盪在耳邊，她輕輕嘆了口氣，但飄向窗外的目光到最後還是忍不住往那個男生看去。

太相似了，就像塊磁鐵般吸引她的注意，說實話他的長相以常人來看一點也不起眼，對她而言卻是特別的，雖然不是百分百相似，但對現在的她……夠了。

//

下雨了，跟她的心情一樣。

裴語晴收起雨傘上了車，發現他也在，腳步就像被迷惑般走向他的方向，見他聽著音樂，她輕輕落座，小心地放好雨傘，然後就發現他轉頭看了她一眼。

她這樣是不是很奇怪？

裴語晴有點緊張，只能逼迫自己的目光往前，但這種方式只能撐一下子，沒多久她就發現自己一直不自覺轉頭偷看他，然後在一個她沒有防備的時刻，兩人的眼神對上了，這一瞬間

她嚇了一跳卻立刻逼自己鎮靜下來，然後就見到他迅速轉頭看向窗外。

他也被嚇到了吧？

她這樣想著，但無法克制在這之後繼續偷望他的側臉直到到達學校，他們一前一後下了車，她也沒有開口問他是哪年哪班的勇氣。

對她而言，目前這樣就好，但她希望他不要因為今天對上的這一眼而被她嚇到。

眼見雨越來越大，她看著走在前頭的他，發現他的肩膀比哥哥窄一些，身形倒是沒那麼像，但沒關係，都到這種時候了，能夠得到一絲的撫慰對她來說都是萬幸。

「小晴，不然妳就問他是哪年哪班的嘛！」聽了鬱鬱寡歡的裴語晴說了公車上的事之後，劉郁虹身為裴語晴在班上最要好的同學，忍不住開口提了個建議。

「可是問了又能怎樣呢？他又不是哥哥。」再相似也不是同一個人，知道了又如何呢？

「也是啦……」劉郁虹拍了拍裴語晴的肩膀。

「小虹，我這樣是不是很失禮？」裴語晴一臉擔憂。

「是……有一點啦，但是這也不能怪妳，畢竟妳哥哥才剛走……不久。」劉郁虹小心翼翼評論著這件事。

「那……我是不是不要再這樣比較好？」既然是失禮的話。

「我是覺得妳不用太在意這種事啦，其實如果那男生知道原因的話，不會怪妳的。」說是也不是，說不是也不是，劉郁虹最後決定站在好友這邊。

「……小虹，謝謝。」裴語晴勉強擠出一抹笑。

只是笑雖笑了，但她內心依然是陰雨綿綿，或許她還需要更多時間吧，所以就先這樣吧。

12

不想面對的日子還是來了，裴語晴感受著家裡的低氣壓，但她自己又何嘗不是，今天是她哥哥的生日，但現在卻變成了一個讓家人都傷心地節日，回想起往年總是會全家一起出去慶

祝的場景，今日家人們的不自在都成為了一種對已逝之人的追憶。

「不如⋯⋯我們出去走走？」對於家裡過份窒悶的氣氛，裴父提了個建議。

只可惜妻子跟女兒同時對他搖頭，然後一個進廚房打掃，一個進房間說要溫書，裴父也只好抓起車鑰匙，自己一個人出去溜溜。

父親一出門，空間瞬間變得更安靜了，獨自一人待在房間裡，裴語晴有種窒息感揮之不去，然後她就想起了公車上那個他。

一個多月了，她總是不由自主在上車後就坐在他旁邊的座位，也控制不了自己偷看他的慾望，但這樣下去真的好嗎？

她是不是該主動開口跟他說點話呢？畢竟是同校學生，她主動攀談的話應該不會太奇怪吧，畢竟她很清楚自己過份的注視他已然很清楚，兩人其實在這段時間視線也交會過數次。

　　說實在話她對他挺好奇的，但他每次總會戴著耳機，要是她開口了他卻沒聽見，這樣她是不是會很尷尬，但話又說回來，她老是偷看他，這樣已經夠尷尬了吧？

　　哥哥，我該怎麼做呢？

　　繼續這樣下去嗎？

　　我是不是變成一個怪人了？

　　看著書本上的文字，裴語晴的心思卻一點也無法融入到書裡，撐著下顎發著呆，就這樣度過這一天，而明天是能與他相見的日子。

　　她該主動開口道歉嗎？

13

　　煩惱了好幾天，裴語晴發現自己就是鼓不起勇氣，然而這天上車後她發現，他居然沒有戴上耳機，一股異樣的感覺朝她襲來，但她的腳步沒有停止，仍是朝他那方走去。

坐下之後她發現今天他跟平時不太一樣，除了沒戴耳機之外，幾次的對望都讓她感覺他好像想做什麼但卻又在事情要發生前把臉轉向窗戶那邊。

他是不是終於對她的行為感到不自在了？

語晴的心頓時一沉，但隨即又嘲笑自己本就動機不良，是想透過看他來想念另一個人，但隨著日子一天一天過去，似乎又好像並非已經那般單純，那麼她到底想怎樣？

頓時間裴語晴發現自己沒有答案，一句「我很抱歉，我不是故意要如此。」其實已經湧到嘴邊卻硬生生被她吞了下去，然後這天早晨他們兩人又在沒有交談的情況下結束了公車共乘，但她的心態卻起了變化。

「妳是說妳覺得他對妳的行為開始覺得不太舒服了？」下課時間，拉來椅子坐在裴語晴身邊，劉郁虹小小聲問著心情低落的好友，對於好友的說法半信半疑。

「小虹，我問妳，如果是妳不會覺得不舒服嗎？」裴語晴看著劉郁虹。

「呃⋯⋯要我說實話嗎？」

「嗯。」

「可能⋯⋯一半一半吧，不過我跟妳說，男生對這種事的接受度應該比較高啦。」應該是吧？

「但我覺得他是個很靦腆的男生，所以應該是不自在居多吧。」裴語晴是這樣認為。

「所以，妳怎麼打算？」劉郁虹一臉好奇。

然而劉郁虹這一問卻讓裴語晴愣住。

怎麼打算？

是啊，她是該好好想想這件事該如何收拾，既然由她而起，而且似乎也造成對方的困擾了，那麼⋯⋯

似乎不該繼續下去？

14

考試將近，裴語晴在花了幾個小時溫完書之後平躺在床上，對於白日的問題依然覺得很在意。

幾個月過去，對公車上那個他的感覺已然悄悄有些變化，她自己是知道的，雖然會注意到他是因為哥哥，但現在她卻發現自己上車之後走到他身邊坐下變成了一種慣性。

習慣性坐在他身邊，習慣性轉頭看他，在這段時間裡她也發現他雖然沒有出色的外表，但似乎是個很樸實的人，坐在他身邊會有一種安心感，而且她認為這種安心感不是因為他長得像她哥哥，而是他身上散發出來的氛圍讓她感到安心。

雖然如此，但她也知道自己突兀的舉止或許造成了他的困擾，想起他的欲言又止，她不禁猜想著他是否已經受不了她了，畢竟就拿她自己來說，如果有一個人無緣無故一直偷看自己，她也會感到不舒服，而她猜疑他看來靦腆的個性怕是想提醒她又不好意思，所以才會欲言又止，她對此感到很抱歉。

明明不想這樣的，卻還是造成別人的困擾，心中的歉意揮之不去，裴語晴不禁幽幽嘆了口氣，撐起身體回到書桌前，她看著桌上的全家福，四人開心笑著的景象已消逝不見，而她也很明白，哥哥不會希望她一直沉溺在悲傷裡。

悲傷是一種情緒，對人造成的影響是很大的，以前她聽過但不曾體驗過，現在她真正懂得了這句話的意思，雖然不是她自願的，但卻無法抗拒這種滋味的來臨。

但是，她該學著走出來吧？

想起哥哥臨走前說過要她好好過日子，別對他的離去有太多牽掛，說終有一天他們還會再相見，她現在想想也是，人生老病死都是常態，終有一天在天堂，她跟哥哥還是會相遇的，一昧沉浸在悲傷中對她沒有幫助，也違背了哥哥臨走前的叮嚀。

她要振作！

裴語晴手上轉著筆，瞬間下定了決心。

她不能再繼續造成別人的困擾了，也不應該每天厭厭沒有活力，畢竟父母對她這樣的情形也感到很擔心，只是礙於她哥哥離開的時間還短，所以不好說出口，但她知道也很傷心的父母是很在意她的情緒。

振作吧，日子總要過下去，就算她暫時無法恢復往昔，她也不能成為家人的困擾還有繼續造成別人的困擾，所以她決定

不再坐在那個人身邊了，因為他不是哥哥，他只是他，她是明白的，只是一直在自困跟騙自己而已。

15

同樣寧靜的早晨，同一個上車地點，同一班公車，他依然在，但裴語晴卻沒有再往他那方走去了，而是隨意找了個位置落座，並不住叮嚀自己別再往他那方看過去。

說實話挺難受的，畢竟是已經持續了一段時間的事，而他對她而言又有一定的吸引力，但昨晚自己的誓言還猶在耳邊，她不能再放任自己亂來下去，畢竟她已經感覺到他的困擾，那麼就不該繼續。

看著窗外飛逝而過的景象，她努力著把注意力放在窗外而不是車內，腦海中想著卻是自己這段時間的突兀行為。

這不該是她會做的事，但她卻這樣做了，有點無奈有點可笑，但她希望現在止血還來得及，甚至她還想著自己是不是該對現在也在公車上的他說句「抱歉」，但想了又想這突來其來的抱歉是否又會造成他的困擾或者說是感覺很莫名其妙？

有些事似乎不該說開，讓時間過去也就過去了，她決定不糾結了，把抱歉留在心裡，但給予的對象僅是公車上的他。

她希望他不要太在意這段時間她的奇怪舉動，但就她看來，看起來那般無害善良又讓她莫名有安心感的人，肯定是個好人，應該不會跟她計較吧？

但話是這樣說，她卻無法確定，畢竟兩人連交談都沒有過，她能確定什麼？

她唯一能確定的是，只要自己不再坐在他身邊，他應該就不會再有欲言又止那種尷尬的情況了吧？

那就這樣吧，她覺得一切到此結束就好，她想自己會有一個新的開始，而且她認為哥哥也希望她如此。

那就開始吧。

16

幾個月過去，裴語晴依然維持著搭同一班車的慣例，而他也是，但她自那天之後再也沒有坐在他身邊，但她覺得奇怪的是，他好像開始會看她，就像她當初看他那樣。

怎麼了嗎？

這幾天一直覺得疑惑，而在這感到疑問的時刻她忽然發現自己竟然很想開口問他為什麼，這也讓她聯想到當初他的欲言又止會不會不是因為困擾，而僅只是覺得疑問。

但她不能確定，正在思考之際學校卻到了，她只能匆忙下車，然後快步往學校那方走去。

只是當她走到校門口卻忽然停下腳步，心向被什麼牽引般回頭一望，卻發現他氣喘吁吁正朝她這方向跑來，她頓時一愣，想著上學時間也還沒到，遂轉頭望了眼四周之後對上他的目光，肯定了他的目標是她。

「妳……妳為什麼不再坐在我旁邊了？」陳梓麟很喘，但他很急，所以就算喘也要把話說完，因為他真的忍太久了，久到他自己都覺得自己孬到有點可笑。

明明很早就可以主動開口跟她交談，他卻偏偏非常多次都躊躇不前，他也不知道自己為什麼連這點勇氣都沒有，直到她不再坐在他身邊，經過這幾個月，他終於可笑的在今日鼓起畢生最大的勇氣追上她，就想要一個答案，然後……

他想告白，就算完全沒信心她會接受，他還是想讓她知道她坐在他身邊的那段日子，是他每天最開心的事。

「呃……因為……那個……我很抱歉。」裴語晴被陳梓麟一句衝口而出的問話給震住了，支支吾吾到最後只能想起自己欠他一句抱歉。

「為什麼道歉？」陳梓麟的心頓時一沉。

「因為……我的行為很奇怪吧？」難道不是嗎？她自己都這樣認為了。

「但是我不介意，妳不需要說抱歉，我今天追上妳就是要跟妳說『我喜歡妳！希望妳繼續坐在我身邊！』」都到這個地步了，陳梓麟自然是都豁出去了。

「啊？」裴語晴當場傻眼。

「我知道妳會拒絕，但是我還是想告訴妳，妳坐在我身邊的那段日子，我覺得很美好，雖然一開始我是覺得有點奇怪，妳看我一點也不起眼，平凡又無趣，而且我也不太會跟女孩子相處，就是因為這樣我才會遲遲不敢跟妳搭話，但是今天我覺

得我要對我的喜歡負責，所以我才追上妳。」本來就已經做好被拒絕的準備，陳梓麟就想著要把自己心裡的話都說出來。

「我沒有覺得你不起眼或平凡又無趣。」裴語晴有點想笑，因為他懊惱又自嘲的神情有點可愛。

怎麼會有人把自己貶低成這樣？

她真的認為他沒有這麼糟！

「呃……真的嗎？」陳梓麟有點受寵若驚。

「嗯。」她點頭，淡淡的笑了。

「那……」這代表什麼？

「我行為那麼奇怪，你怎麼會喜歡上我？」裴語晴感到有點不可思議。

「我想過很多可能性，但很多都被我否決掉了，我也很多次想要開口問妳，但是都鼓不起勇氣。」就說他沒用了嘛。

「其實……」本來想說了，也想著時間還早，但眼看校門口上課的人潮越來越多，他們兩個也開始被人側目，裴語晴一

個咬牙拉住他手臂把他直接拉到校門旁的偏僻處，這才把真相說了出來。

然後就見到他一愣，表情有點失望也有點慌張。

「那我⋯⋯沒希望了對吧？但也不對，本來就沒希望，我沒事啦！」陳梓麟搔搔頭，佯裝自己無事但顯然功效不大，不過就在下一秒，他卻見到她笑了，一時間倒是傻了。

「要我繼續坐在你身邊也不是不行。」裴語晴看著他。

「什⋯⋯什麼意思？」陳梓麟頓時緊張了起來。

「如果⋯⋯你可以一直牽著我的手的話，我會考慮。」說完，她拼命忍著大笑的衝動，因為眼前的他實在跟隻呆頭鵝沒兩樣。

「可以！我可以！要牽多久都沒關係！我可以一直牽著妳的手，只要妳不介意，我完全沒關係！」愣了好幾秒，陳梓麟才回過神來，拍著胸脯拼命保證自己可以做到。

「那就這樣囉！明天早上見！」說完，裴語晴轉身就走，但她腳步很輕快，臉上也帶著笑容。

　　「明天見！妳不可以失約！」陳梓麟開心到差點瘋掉，對著她背影喊著，然後在見到她舉起手比了個 OK 的手勢後喜悅頓時達到最高點。

　　誰也沒想到，一個公車上的雙人座位會牽起這樣的緣分，雖然勇氣來得很晚，但至少沒遲到，相信隔日早上的公車上，就可以見到他們手牽手談天的情景了呢！

没有勇氣對你説
——下篇

作者：汶莎

1

　　蔡芷琳，信晴高中二年級。

　　蔡芷琳是校園裡叱咤風雲的人物，是二年級公認最美的運動美少女，不論是羽球、籃球、田徑、跳高等體育活動都難不倒她。而她的外貌亦是眾人口中談論的焦點：澄澈透亮的棕色雙眼、烏黑秀麗的長馬尾、有稜有角的下巴曲線、豐紅滋潤的櫻桃小嘴，還有每每在汗水的淋漓下，透過陽光的照射，水亮地襯托出白裡透紅的蘋果肌，加上因長年運動而結實有線條的身材，吸引了不少少男少女的目光。只要練習場上有蔡芷琳的身影，就會聚集一群她的應援團，大聲地吆喝著為她加油。

　　看似順風順水的精彩人生，蔡芷琳卻有個心願：「談場轟轟烈烈的戀愛」。

　　蔡芷琳的個性大方直爽，為人善良體貼，班上的同學都很樂意與她為友，而從小與她青梅竹馬的同窗好友──劉紫虹，卻知道她不為人知的秘密。

　　許多人都不會想到，外型亮麗個性豪爽的蔡芷琳，私底下是一個喜愛少女漫畫、耽美小說的宅女，房間四周都是大片的書牆，收藏著蔡芷琳最愛的各式作品，書桌上放的不是教科書，而是一疊一疊未開封的新漫畫、新小說。

　　想當然爾蔡芷琳的內心也相當的嚮往如同少女漫畫般的愛情，但偏偏在現實生活中卻無法實現。

　　有次蔡芷琳收到了告白情書，卻因為對方長得不像《橘子醬男孩》漫畫裡的男主角而拒絕了人家，還有次遇上社團的學長，想著會有場如《巧克力波斯菊》般的校園戀愛，卻因為對方不是老師而幻想破滅。

　　擁有著豐富多采生活的蔡芷琳，卻因少了愛情的滋潤而在心中留下了不少遺憾，只能回到家後，反覆啃著書堆，來滿足心中無限的少女情懷。

2

　　每當早晨時光，蔡芷琳最期待的就是坐公車到校園的時間，每當上學時間，車上都會坐滿前往信晴高中的學生，蔡芷琳最

喜歡觀察車上學生的互動表情，尤其是青年男子的玩笑打鬧最為讓她興奮。

一天，當她一如往常的搭乘公車上學時，她發現了從未見過的黑框眼鏡男子，制服有些凌亂，領帶也打得有些歪斜，逕直的往最後一排靠窗的位置走去。匆忙的神情及頹廢風格的裝扮讓她非常的在意，眼光亦不經意的隨著他的方向望去。

「這個人……怎從未見過，上學衣著凌亂，神情匆匆，是起床晚了的關係？」

正當蔡芷琳還在思忖的同時，黑框眼鏡男的眼神從窗外轉而迎向她的目光。

「糟了，被發現了。」

蔡芷琳慌忙的將自己的視線轉正，繼續看向前方，但心中卻對那男子有著莫名的熟悉感。

「感覺好像是在哪裡看過……」

公車行駛不久，劉紫虹也搭上了公車，她不加思索地坐到蔡芷琳鄰座的空位。

「早安，芷琳，你又在看什麼看得這麼著迷了？」

　　蔡芷琳疑惑的向劉紫虹訴說剛剛發生的情景，劉紫虹頓了一下緩緩說道。

　　「會不會⋯⋯他長的很像某部漫畫的角色？」

　　劉紫虹的一句話，有如醍醐灌頂，瞬間勾起了蔡芷琳的記憶。

　　「對！對！對！沒錯，他就像《冰之魔物語》的伊修卡！天啊～～我以前怎都沒發現⋯⋯」

　　說完的同時，又不禁回頭看向那名黑框眼鏡男再次確認，仔細比對，相似度達到 90%。這讓蔡芷琳再次有些失控，劉紫虹不禁在旁比著安靜的手勢，要蔡芷琳停止她的失控行為，不然待會又引來全車人注視的目光。

　　過沒多久，車子停在離校門口有些距離的巴士站，學生們紛紛下車，坐在前座的蔡芷琳和劉紫虹仍坐著，等待後座的學生魚貫下車，直到排在最後的黑框眼鏡男下車後，兩人才雙雙下車。

　　劉紫虹一路上有說有笑的，而蔡芷琳兩眼卻緊盯著黑框眼鏡男不放。

「梓麟！」一道男聲吸引了蔡芷琳的注意，回頭一看，是一位陌生的男子叫著，劉紫虹覺得奇怪便問道：「這人是誰？你認識？」

蔡芷琳臉上充滿了問號「我不認識呀……他是誰？為什麼要這麼親密的叫著我的名字？」

正當兩人還在疑惑的同時，男子錯過了他們，搭上前方黑框眼鏡男的肩，這時蔡芷琳和劉紫虹兩人不禁驚訝道。

「什麼……他也叫芷琳？」

「不不不……芷琳是女生的名字，他應該是跟你同音或是相似音，但一定是不同字」正當兩人還在猜測的同時，一道溫柔低沉的男聲劃破她們的思緒「喔，早安，子宏。」

「子……子宏？」

「不不不……他不是在叫你，同音不同字，放心放心。」

看著梓麟和子宏的芷琳和紫虹，張大嘴巴愣在原地互看著彼此，隨著鐘聲的響起，兩人相視而笑。這是她們兩人有史以來，第一次感到奇妙的早晨。

3

翌日，濛瀧的細雨隨著罩頂的烏雲滴落在傘面，在家附近的巴士站等著公車的蔡芷琳，不知為何特別期待今日的公車相遇。除了想再次見到心目中的伊修卡之外，更想多加了解這位「梓麟」的一切，還想知道他跟「子宏」的關係……一想到興奮處，蔡芷琳的呼吸愈加急促，這時，遠方閃著黃色的燈光，公車在巴士站前停下，蔡芷琳抑住自己興奮的心情，收起雨傘走上公車，這時，她有個大膽的想法。

「今天不如坐在離他近一點的地方好了……」

蔡芷琳一反往常，徑直的往公車最後一排走去，並選了黑框眼鏡男上次坐的位子另一側靠窗的位子。在內心不停興奮大叫的蔡芷琳，對於自己大膽的行為感到不可思議，隨著公車的行駛，忐忑不安的心也越發跳躍。

黑框眼鏡男透過窗戶投射的身影，發現蔡芷琳坐在自己的身旁，似乎感到有些驚訝，愣了幾秒後，便又鎮靜的望著窗外。

蔡芷琳趁著黑框眼鏡男不注意的同時，不時的轉頭迅速地打量他。

　　不知是不是感覺到被人注視著，黑框眼鏡男也不時的轉頭打量著蔡芷琳。

　　這時，兩人眼神不小心對上了，被發現的蔡芷琳害羞臉紅的將頭轉向窗外。

　　「天哪……被發現了……對方會不會以為我是變態？真是有夠丟臉……」

　　公車上瀰漫著一股詭譎的氣氛，蔡芷琳從沒想到竟然有一天會如此的期盼紫虹快點上公車。

　　這時一陣刺耳的剎車聲劃破這尷尬的場面，芷琳趕緊將身體傾向前，仔細看著上車的人潮，隨著車門的關起，芷琳的心也不禁失落了起來。

　　「紫虹沒坐到這班車……可惡！」

　　覺得有些尷尬又有些氣惱的芷琳拿起電話，按了封簡訊。

　　「妳……在……哪……裡……？怎……麼……沒……搭……上……公……車……？」

　　經過一陣安靜的沉默，電話的振動聲觸及了芷琳的手，她趕緊掀開電話查看簡訊。

「這個月我是社團的值班經理，所以我搭了早一班的公車，怎麼了？」

看見紫虹的回覆，芷琳頓時傻眼……只能望著窗外的雨滴，期盼著公車司機開快一點，趕緊到站下車離開這裡。

經過一陣漫長的等待，公車終於駛到了校門口前的站牌，芷琳等不及司機停妥，拿了雨傘直往車門口走去，在下車的同時，心也鬆了口氣。

「呼……再待下去，我真的要得尷尬癌了……」

正當芷琳放鬆的慢慢踱步前行，一道身影快速從她身旁走過。芷琳看著那熟悉的背影走得如此匆忙迅速，心情頓時覺得不妙。

「唉呀……看來對方真的以為我是變態……」

懷著沮喪的心情在雨中一路漫步進了校園，天空似乎用力的在嘲笑著芷琳的愚蠢，雨……下得更大了。

4

「我的挑戰失敗了……」

「什麼挑戰失敗了？」

不懂芷琳在說些什麼的紫虹，一邊吃著午飯，一邊疑惑地向芷琳問道。

芷琳嘆氣道「伊修卡的觀察日記。」

紫虹「噗」的一聲，差點將口中的菜給吐了出來。

「這是什麼東西？」

芷琳一邊嘆氣一邊說道「自從第一次的近距離觀察失敗，原以為對方會覺得我是個變態而遠離我，但他卻沒有這麼做，反而每當我坐到他旁邊的位子時，他還會不時的打量著我，雖然起初感到有些害羞，但久了也覺得蠻有趣的。」

紫虹用一臉奇怪的表情望著芷琳「在我沒有陪妳搭同一班公車的這一個月，你都在幹什麼呀……」

「唉……還不是我那個社團，最近要選出一個人去參加比賽。」

由於芷琳是個體育健將，所以客串了許多社團，不知道她說的是哪個社團的比賽，紫虹隨口問道「哪個社團？最近體育社團有出團要比賽嗎？」

芷琳搖了搖頭。

「那你要去參加哪個比賽？」紫虹續問道。

「漫畫新人大獎。」

紫虹終究還是忍不住將口中最後一口的飯給吐了出來。

「你說什麼？你哪時參加了漫畫社團？見鬼了。」

「一個月前吧……就是妳剛開始去社團當值班經理的那天下午，漫畫研究社的社長來找我，希望能當他們社團的模特兒，我看到他們社團的人都好厲害，畫出來的漫畫既精彩又好看，所以我就順勢加入了……」

紫虹撫了撫額頭，無奈的問道「那你會畫畫嗎？」

芷琳又搖了搖頭。

「那你不會畫畫你又加入漫畫研究社，要幹嘛？」

「看漫畫。」芷琳不加思索道。

紫虹抓住了芷琳的肩，使勁的搖了搖。

「你不會畫畫，又加入漫畫研究社，然後又想要參加漫畫新人獎的比賽？你是頭殼壞去了嗎？」

「所～～以～～社～～長～～才～～要～～我～～先～
～畫～～出～～一～～個～～人～～物～～出～～來～～再
～～說～～呀～～」

芷琳在搖晃中向紫虹解釋道，紫虹停下搖晃的雙手，輕輕
的嘆了一口氣。

「所以你是想畫伊修卡？所以才在觀察他？」

芷琳點了點頭，拿出了一本筆記本。

紫虹翻閱著筆記本，看著上面密密麻麻的記載了黑框眼鏡
男的外表特徵，並仿畫了一些五官及漫畫表情。從中便可知道
芷琳是認真的，而身為她的好友，明白了她的意志，輕輕的闔
上筆記本。

「好，那放學後我們來特訓！」

芷琳疑惑著看向紫虹「特訓？」

「嗯，來特訓畫畫！你們社團應該有放幾本漫畫吧？」

芷琳點了點頭「對呀，那跟特訓有什麼關係？」

「模仿是學習最快的途徑，所以你照著漫畫上面的人物，研究他們的筆觸、畫風，然後多加臨摹個幾次，不就會愈畫愈好了嗎？」

芷琳頓時間睜大了眼睛，覺得紫虹說的話好有道理。

「對耶……可是……你不是社團的值班經理嗎？你不用去？」

「小姐，今天已經是六月了，值班經理也換人了，而且再過一個月我們就要放暑假了，你的漫畫新人獎社團選拔何時開始？」

芷琳想了想「好像社長說是放暑假前一週要開始選，然後暑假前將名單送出，好讓參賽者暑假能夠專心創作。」

「OK，那接下來的三週我們就來特訓吧！」

感受到紫虹的友情相挺，芷琳心中也慢慢的燃起鬥志，在接下來為數不多的幾週，加緊訓練那慘不忍睹的畫技。

5

　　一如往常，兩人又一起搭公車上下學，不同的是，紫虹為了不打擾芷琳近距離的觀察黑框眼鏡男，所以約好在這段時間在公車上都要分開坐，好讓芷琳的觀察行動能平安進行。

　　而在遠處觀察的紫虹也在其中發覺到一件事：明知道被人不時的打量觀看，卻總是無動於衷，連句話也不說，連個問題也不問，這男人的脾氣似乎也太好，如果換作是她早就揪住對方的衣領痛扁一頓了。

　　就這樣，三人維持著奇妙的平衡，靜默地坐著公車上下學，有遇到黑框眼鏡男的時候就分開坐，沒有遇到的時候，兩人便坐在一起討論著筆記本上的記錄，研究著該怎麼畫出芷琳心中完美的伊修卡。

6

　　「我們來跟蹤他們吧！」

　　紫虹面對這突如其來的犯罪式發言感到震驚，不禁趕緊出聲想要阻止。

「什麼！？等等等等……幹嘛跟蹤？你要跟蹤誰？」

「當然是伊修卡和他的愛人呀！」

紫虹頓了一下「呃……他的愛人？是誰？」

芷琳噴了一下，一臉不屑的說道「就是跟你同音不同字的子宏啊！」

明白現下正是芷琳耽美幻想暴走模式啟動狀態的紫虹，了解的「喔！」了一聲後，便問道。

「你跟蹤他們要幹嘛？」

芷琳一臉不可置信的看著紫虹，心想著她為何會問出這樣的蠢問題，按捺住不解的心情，耐心的解釋著。

「你想想伊修卡的身旁是不是都一直跟著布拉德？雖然子宏長得跟帥氣的布拉德還差了八桿子遠，但你不覺得他們的互動很有愛嗎？我想要把他們恩愛的畫面畫下來！」

紫虹說不過正處於耽美幻想暴走狀態的芷琳，無奈的只好點點頭同意她的想法，但仍還是將現實的難題拋出。

「你說跟蹤，要怎麼跟？他們一起出門的時間你知道嗎？」

芷琳嗤笑著從口袋拿出一張紙，紫虹接過紙條，看了一眼，不禁瞪大了眼。

「這……這張行程表你從哪來的？」

芷琳比了一個「噓～」的手勢「秘密」。

紫虹無奈的看著紙條「好吧，我看看這張紙條寫了些什麼……6 月 12 日　下午一點 SEGA 電動中心。咦……不就是這星期六？」

「哼哼～～你會陪我去的，對吧？」

芷琳不懷好意的壞笑，勾得紫虹難以拒絕，只好點頭答應。

於是時間來到了星期六下午，兩人亦步亦趨的遠遠跟在梓麟和子宏的身後，只要看到兩人出現「疑似」親密的舉動，芷琳便拿起相機拍下，就這樣兩人一路尾隨著他們直到傍晚散會，芷琳才心滿意足地收起相機。

「呼……今天收集到了不少素材呢！可以好好的專心畫畫了！」

看見芷琳滿意的表情，紫虹苦笑的搖了搖頭「你高興就好，還剩一週的時間，你加油！有什麼需要再來找我幫忙吧！」

聽到紫虹義氣相挺的發言，芷琳感動的一把抱住「謝謝！不愧是我最好的朋友。」

紫虹摸了摸芷琳的頭「好了，回家吧，時間也不早了。」

隨著夕陽西下，兩人肩並著肩回到各自家中。

7

度過了愉快的週末，搭乘上一如往常的公車上學，芷琳發現熟悉的位子少了那常見的身影，雖然有點在意，會不禁想著「他」為什麼今天沒搭車，腦中充斥著各種可能的同時，一道身影打斷了她的思緒。

「咦！今天伊修卡沒上車呀？」紫虹一上車便發覺這裡的不對勁。

芷琳點了點頭「嗯……好像是這樣……」

「怎麼了？覺得失落？」紫虹隨口調侃道。

像似被說中心聲般，芷琳的心揪了一下，隨口回道。

「哈！怎麼可能……只不過……想跟他說聲謝謝而已。」

　　紫虹拍拍芷琳的肩「那……或許把你的作品給他看就是最好的謝禮了。」

　　芷琳抬頭看著紫虹「可是……我畫的又不是很好……」

　　「不會呀！再說經過這幾週的特訓，你進不了不少，雖然跟職業漫畫家比起來還差了一大段的距離，但……這畢竟也是你的心血呀！是你努力的成果，我想不會有人會拒絕的。」

　　聽到紫虹的鼓勵，芷琳下定決定要將作品畫到最好，如果有幸入選，一定要給他看，並跟他說聲「謝謝」。

　　此後，芷琳上了公車，便回到她以往常坐的前排座位，低頭畫畫；上課偷偷拿出來畫、下課繼續畫、放學後在社團也在畫，只要有時間就拿著素描本畫著。不知不覺來到了社團選拔當日，在作品上繳之後，社長宣布了出賽人選。

　　「鄧瑜！」

　　雖然未獲入選，但芷琳的努力也獲得了社長的肯定，並期望著芷琳能夠繼續努力參與明年的漫畫新人獎，芷琳雖然失落，但運動家的傲骨精神，讓她愈挫愈勇。

8

翌日，芷琳上了公車，雖然事情未如預期般的發展，但對方總算是提供了她創作漫畫的素材，讓她心想著無論結果如何，都要跟黑框眼鏡男好好的說聲「謝謝」，於是走近黑框眼鏡男的座位前開口說道。

「那個……梓麟同學……」

意識到眼前站了個人，緩緩抬頭向上看，驚訝的神情充滿臉上，他伸手拿下耳機，傾聽著芷琳的謝意。

兩人相視而笑。

沒有勇氣對你說
——下篇

作者：六色羽

10

陳梓麟一大早就垂頭喪氣地進教室，看到迎面而來的張子宏反而想逃，因為他催了他兩個多月「要主動攻擊」，他都因為太過於膽怯而退縮再退縮，結果什麼事也沒有發生。

陳梓麟隨意的向張子宏點了個頭後，就掉開目光一副準備繞跑樣。

張子宏嘖了一聲！豈容得他夾著尾巴跑掉？他反身挾住陳梓麟的臂膀走到教室外的陽台。

「先生，你今天還是眼睜睜地看著機會溜走了對吧？你會不會太誇張了？」

張子宏的白眼快要翻到後腦勺了。

「以前她坐在我旁邊我都不敢跟她說話了，現在她不坐我旁邊，我還能找什麼樣的藉口特地跑去跟她說話啊？」

「她不坐你旁邊了？」張子宏聽得甚是驚訝：「什麼時候發生的？你怎麼都沒找我這個軍師商量了？」

「告訴你又怎樣呢？反正都已經是事實了。」

「也許是她等你等得太久，所以失望了，才會不再繼續坐到你身旁。」

陳梓麟兩眼乾瞪著發呆，然後如喪家犬般低著頭走進教室。

或許是那個位置對她有什麼「特別的意義」吧？所以她才會選擇我旁邊的位置，而且那個「特別的意義」，也許根本就與我無關。

整個早上，陳梓麟的腦袋完全裝不進課堂裡老師說的每個字，頭裏好像有個黑洞在嗡嗡作響著，直到前面傳來張子宏的紙條，他才再次被啟動,打開張子宏的字條。

「別喪氣，她還在公車上就還有機會啊！她不坐你旁邊，你不會跑去坐她旁邊嗎？」

11

「坐她旁邊！還真是好辦法。」

陳梓麟下課後，為難的長眉都蹙成了八字。

　　有時候，陳梓麟真希望自己的臉皮有張子宏一半厚就好了，如今都已經是高中生了，還一次戀愛經驗都沒有，真廢！

　　但張子宏厚臉也是得之有理，雖然五官沒有帥到令女生尖叫，但總算有挺鼻子有單鳳眼，最讓他吃香的，是還有一副高挑結實的好身材。

　　「女生吶，見到高的男生就沒轍了。」

　　張子宏總是自信滿滿的邊說邊梳著瀏海，陳梓麟總是意味深長的聳肩，或許真的就是那樣吧。

　　「陳梓麟，你是真的喜歡她嗎？」張子宏嚴肅的搭著他的肩頭猛搖晃。

　　陳梓麟被他那堅定的眼神看得莫名的發顫，問句直直地攻進了陳梓麟心底最深處，但他卻沒再說任何一句話，只是默默地帶著那個問題回家。

　　隔天早上，公車剎車，陳梓麟回神，它正停在第三站！

　　陳梓麟全身的神經細胞都活了起來，屏息盯著敞開的公車門，乘客一個接著一個上了車，但就是沒有她的身影！

車門嘎然關上，陳梓麟焦急的站立了起來探向窗外，街景慢慢地在加速中，街道上並沒有她纖細的人影！

她今天為什麼沒有上學？生病了嗎？還是沒能來得及趕上公車呢？

「同學，你要下車嗎？」公車司機怪異的看著突然站起的陳梓麟。

「喔……」陳梓麟尷尬的搖頭：「沒有，沒事。」他連忙坐回位置上。

那天之後，她再也沒在他眼前出現過，更別提上公車了。

陳梓麟感覺惆悵都快要自他的嘴巴滿溢出來了。她嬌柔清秀的臉蛋，如揮之不去的倒影，無時無刻不縈繞在他腦海。

「陳梓麟，若你只是有點喜歡她，那就別再提這件事了，放棄吧！免得每天都被這件事搞得不得安寧。」

張子宏後來的那句結語，最後像冒了頭的芽般，深根在他心中。張子宏看出了他永遠也不會有所行動的，所以不如早早放棄，早早解脫。

陳梓麟不明白自己究竟是怎麼了？即使真的喜歡她，但也只是幾面之緣，連話都沒說過，能有多深？有必要讓自己失魂落魄的對她朝思暮想嗎？

12

她若是不曾上過公車就好了！

張子宏看陳梓麟托著腮，一臉愁容的望著湛藍的天空，雲朵印在他澄澈的眼裡，卻變成灰濛濛的顏色，看得張子宏冷不防的打了一個顫，怎麼會這麼憂傷？

「我真希望她打從一開始就不曾出現在公車上。」

陳梓麟好似背後長了眼睛般，突然對站在身後的張子宏開口說。

看陳梓麟魂不守舍，張子宏才發覺這個小子是真的在乎那個公車上的女生，而且沒想到他是那麼重感情的人！

「走！」張子宏用力地抓住陳梓麟的臂膀。

陳梓麟驚訝的問：「要去哪？」

「去找她囉，她不也是我們學校的嗎？」

「我連她幾年級都不知道，要去哪找？」

張子宏卻拉著他執意往前走：「我想到了一個找到她的好辦法。」

「什麼方法？」

陳梓麟話音才剛落，還搞不清楚狀況，張子宏已經敲了二年一班的門兩下，就拖著陳梓麟一起跳上講台，扯開嗓門問：「大家注意，舞蹈社有要事向各位報告！」

現在是午餐時間，台下所有人的目光都集中到他們兩人的身上，冷汗自陳梓麟的背脊竄出，他想都沒想到張子宏居然會出這招！他根本毫無心理準備。

張子宏在陳梓麟的耳裏小聲說道：「快點看她有沒有在講台下。」

陳梓麟緊張得口乾舌燥吞吞口水，但頭都洗了一半了，只得快速的將教室臉孔全掃了一遍，但她並沒有在其中。

張子宏現在究竟要替舞蹈社報告什麼內容才好？

13

以同樣的模式全校巡迴一遍後，陳梓麟回到教室才發現自己的雙腿被嚇得打起了顫！

沒想到他二個月來因為膽怯不敢在公車上跟一個女生搭訕，現在反而得做更大膽的事來補償那個錯誤。

但經過了張子宏那一場驚動天地的瞎搞之後，他們依然沒有找到公車上的那個女生。

陳梓麟失落地坐上回家的公車，滿眼望著那已經走上千百回的街道，或許她現在就在其中的某個轉角、某間商店、某棟建築物裏，只是不管距離再多近，如果他們的緣分盡了，即使再次面對面，也可能只是擦身而過。

就讓時間，來慢慢消磨掉這段根本就還沒開始的緣分吧！

但他們的緣分，有時總是會超出預期，沒有說斷就斷。一個禮拜後，陳梓麟在人來人往的街頭，再次遇到她！

他們頓時停下了腳步，驚訝的四目交望，久久無法言語！她回神，羞怯的連忙掉開眼睛打算離開，陳梓麟無所顧忌地攔住她的去路。

「妳還記得我嗎？」

她清秀的瓜子臉上，漸漸的黯淡了下來，有一瞬間，陳梓麟覺得他們其實已經認識了一輩子。

她低頭不語，陳梓麟開始有些尷尬的解釋：「對不起，我知道這樣很唐突，但在公車上……」

一股柔軟的力量猛地撞進他的懷裏，陳梓麟手足無措地看著她在懷中，哭得好不傷心！

他情不自禁地用臂膀環住她的肩膀安慰她，被他滿懷的溫暖給包圍後，她竟哭得更加激烈了，陳梓麟不得不拉著她往行道樹下的圍欄旁避人側目。

許久，她終於停止啜泣，抬頭仰望著陳梓麟的淚眼，莫名的深情，那讓他的心臟怦怦的好像要跳出口。

「妳為何突然沒再坐上那班公車？」

　　他的聲音，在她緊貼他胸口的耳裡悶悶的響著，她抬頭說：
「因為我……」

　　看到他眼睛的瞬間，她的話突然又哽在喉頭，陷入一陣沈思後，她緩了緩情緒才開口說：「對不起，因為你長得和我死去的男朋友很像，所以我才會忍不住對你做了一堆莫名其妙的事……給你造成困擾了，真是抱歉。」

　　她滿臉歉意的向他鞠躬道歉。

　　「沒……妳沒有給我帶來什麼困擾，別擔心。」陳梓麟急忙解釋，但也終於知道了這三個月以來，一直困惑著他的答案，他除了有種莫名的失落感之外，自她哀傷的閃爍眼神中，卻看出了她好像欲言又止的有什麼難言之隱。但陳梓麟沒再問她，只問了她叫什麼名字？

14

姚雨婷……

好夢幻的名字！

陳梓麟癡癡地看著窗外藍天，嘴角不自覺掛著一抹微笑。

公車在第三站停了下來，他望眼欲穿地盯著所有上車的乘客，在門要關起來時，姚雨婷跟著出現在車上。

他們一陣四目相望，他想，此刻不管她把他當作是誰，他真的一點也不在乎。

她再次在他身邊坐下，她髮絲傳來的香味、嬌嫩嘴角上淡淡的微笑、澄澈盯著他的水眸子，讓他的心不知不覺的定了下來。待他回神時，手已經握住了她的，她沒有閃避，還慢慢的在他掌心裡握緊，暖烘烘的連襲來的冷風都變得好溫暖。

下課鐘聲一響，陳梓麟背上書包正打算走出教室。

「噢噢噢……」張子宏扯住他書包的肩帶，不讓他往前走：「幹嘛才一放學就急著繞跑，到底在忙什麼？神秘兮兮的？」

陳梓麟回頭瞁著他，還靦腆的笑得很白痴。

「什麼笑容啊？」看著那笑容，張子宏雞皮都掉了滿地，但他恍然抓住陳梓麟的肩頭：「你該不會是談戀愛了？」

「哈哈哈……」陳梓麟笑得很白痴。

「哈什麼哈？真的嗎？是誰？」張子宏猛然搖著他的肩膀連珠炮地追問。

「就公車上的那個女生……」

「真的！」他狠狠的在陳梓麟背上搥了一拳，陳梓麟差點沒吐出血，張子宏大叫：「你這人真的是有了異性就沒有人性！你們在一起了怎麼可以不告訴我，虧我當初還幫你想了那麼好的點子找她。」

陳梓麟搔了搔臉頰：「今早才發生的咩！她叫姚雨婷。」

「切，連名字都問到了？」張子宏想這人終於是開竅了，「幾年幾班的？」

「蛤？」陳梓麟楞住！

「啥？你不知道？該不會連電話都還沒要到吧？」

陳梓麟愣愣的搖頭：「所以你覺得我們這樣，算不算在交往？」

張子宏嘆了一口氣，覺得剛剛說這傻楞子開竅了，好像說得太早了。

15

除了名字，其他資訊，姚雨婷似乎都不太肯向陳梓麟透露，讓他不禁懷疑他們之間真正的關係是什麼？他在她的心裡，究竟是什麼？

還未跳出前任陰影的代替者嗎？

他有些茫然，但每次她望著他的眼睛，彷彿他才是她那依存放不下的人，彷彿時空凝結在這個時點，永遠都不會再繼續往前推進。

她的目光是如此的誠懇，但為什麼總是神秘地躲開其他問題，總是不願意多提起自己？

某天放學，下了公車後，一起走在街道上的陳梓麟終於按捺不住不安，停住了和她並肩前進的步伐。

她詫異地回頭看著他，不知道是不是眼前的夕陽過於絢麗，他感覺到她的表情怎麼會突然變得那麼的哀傷？

陳梓麟屏息，然後鼓起勇氣再次問她：「雨婷，妳究竟是哪一班的？我們在一起都兩個禮拜了，我卻連妳是哪一班的都不知道？」

陳梓麟再次牽住她的手，但她卻很快的把手給縮了回去，也不再看他。

她激烈的反應，讓陳梓麟的心刺了一下。

她並未承認我正在和她交往，所以才會連班級都不想讓他知道，是嗎？

「妳不想說，是因為覺得……我比不上妳的前任男友？還是妳這幾天和我相處後，發現心裏的位置，已經容不下另一個人？」

陳梓麟從來就不知道自己是那麼乾脆的人，第一次這麼開門見山的把事情說清楚，其實也是因為，他在乎她，他真的非常在乎，才會這麼急著問。

她朱紅的唇緊抿，纖細的身子微微在發顫，自包包裡拿出一張照片遞給了他，陳梓麟詫異的低頭看著照片半晌。

他是誰？

照片裏是個十分可愛的小男孩，陳梓麟卻完全被男孩熟悉的微笑給震住。

當陳梓麟再次抬頭時，她已轉身黯然地繼續往前走，沒再多作解釋。

陳梓麟沒有跟上她的腳步，在幾乎看她跟著夕陽一起淹沒在城市的盡頭時，他都一直楞在原地。

16

陳梓麟迎面撞上正喝著飲料的張子宏，陳梓麟卻對他視若無睹逕直地走了。

「喂──」張子宏莫名其妙的看著宛如行屍走肉的陳梓麟，但叫了他千百回還是喚不到他一個回頭，張子宏於是追了上去。

「幹嘛啦？一大早就踩到大便喔？」

「她和前男友已經有一個孩子了。」

張子宏一楞，但隨即明白他在說什麼？

「但你不是說她的前男友死了嗎？」

「應該是，我也不確定……」

「你不確定？你們不是都已經牽手了嗎，幹嘛不問清楚？」

「她什麼都不肯多說，我問了又怎樣？」陳梓麟煩悶的擺了擺手：「算了，反正一切都結束了。」

嘴上雖然那麼說，但每想起姚雨婷在夕陽下欲言又止的神情，又讓陳梓麟對她牽腸掛肚了起來。

「真的結束了嗎？」張子宏嚴肅地板起了臉：「我從國中認識你後，從沒看你這樣失魂落魄過。」

張子宏是他肚子裡的蛔蟲，擺脫不了且把他看得透徹的蛔蟲。

他明白還沒結束，她依然魂牽夢縈地糾纏著他，還揮之不去佔滿了他整個腦袋。人說愛情宛如毒藥原來就是這個滋味，他感到呼吸困難得快要窒息。

那天之後，她就再也沒出現在他面前。

陳梓麟好像突然想起了什麼？加快腳步往學務處走去，張子宏只遲疑了一下便跟了過去。

「主任，剛剛在側門，有個小男孩給了我這張照片，說他要找他姐姐。」陳梓麟將姚雨婷給他的照片放到學務主任的桌上。

見主任滿眼質疑的拿起照片，陳梓麟緊接著說：「他姐姐叫姚雨婷，主任可以用廣播的叫她到側門見一下弟弟，或許有急事。」

主任半信半疑蹙著眉頭，但還是查了一下姚雨婷的班級，然後拿起麥克風開始廣播，在他們身後的張子宏忍不住對陳梓麟刮目相看了起來！

17

知道班級後，張子宏很快就幫陳梓麟問到了姚雨婷的手機號碼。

可惜的是，姚雨婷沒接陌生來電，而且她不但已經搬家，還轉了學。

一連串的打擊，張子宏以為陳梓麟應該會放棄了吧？但他卻義無反顧的查到她轉的學校。

難道這就是真愛嗎？還是傻？

再次看到她，姚雨婷卻挽著同學們的手有說有笑，對陳梓麟視若無睹的擦肩而過，那種從容不做作的自在，簡直讓陳梓麟彷彿被千刀萬剮。

陳梓麟趨向前擋住了她的去路，二話不說即將男孩的照片遞到她面前，來之前滿腦子的問題，在此時此刻竟全數化為烏有，她臉上對他完全陌生茫然的神情，徹底將他擊潰。

「這小男孩好可愛，嗯……他是你的誰？如果你在找他，我並沒有看到他。」姚雨婷禮貌地直視他的眼睛說。

一抹微笑自姚雨婷的嘴角一閃而過，她越過他，走了。

她這次再也沒有說謊的眼睛，她是真的不打算承認他們公車的偶遇了！

她忍不住還是回頭看了陳梓麟最後一眼，他竟還站在那裡離情依依的望著她不肯離去，鼻子一酸，眼淚開始無可克制地滴落。

　　她此次的時光之旅，是到了該結束的時候了，這將會是她此生最後一次和他見面，因為時光之旅所費不貲，她已用光了所有的積蓄。

　　她其實是他未來的妻子，照片上的男孩，是陳梓麟無緣見到的遺腹子，他將於三十五歲那年夏天，死於癌症。

　　她不能和陳梓麟解釋太多，因為每一句話都可能改變未來，對未來產生嚴重的後果，她若違反了時光旅行的嚴重禁忌，將可能永遠消失在時空中，再也回不去見兒子了。

　　這三個月的日子，她能再次如往常那樣，靜靜的待在他身旁，享受他們初戀的那段時光，她已經感到無比的欣慰與滿足。

　　按下回程時光機按鈕前，她傳了一則訊息給他，未來很短，但現在的路，還是得繼續走下去。

沒有勇氣對你說
——下篇

作者：葉櫻

　　夏子麒的高二生活，是在適應不良以及自憐自艾中開始的。母親被拔擢為外地分公司的經理是件喜事，但父母並不放心讓她寄居在高中宿舍，費了好大的心力，說服她辦了轉學，一家人落腳在南邊的小城。

　　子麒的確不願意隻身留在家鄉求學，那讓她感覺孤單——可是真正與老家告別的那天，她坐在車裡，回頭看那逐漸縮小的摩登景色，想到以後便要告別所有熟悉的路途、朋友、娛樂，展開一段不可預期的新生活，便一陣悲從中來，忍不住落淚。

　　這份悲傷注定了她的新生活充滿辛酸。開學第一天，光是搭公車上學這件事，就讓她吃盡了苦頭，不禁特別想念起方便、頻密的捷運來。可這小城當然沒有捷運，有的只是慢悠悠的、稀疏散落的公車，這逼使子麒必須每天準時出門，頂著不曾曬過的南邊艷陽抵達站牌下，再搭二十多分鐘的公車，一路晃著到學校去。子麒從未習慣搭公車，雖然家鄉的公車路線四通八達，班次也多，但她無論如何無法習慣那種氣味，也討厭公車司機狂野的急煞與急轉，總讓她反胃。因此，除非是朋友邀約，否則公車從來不在她的選擇清單上。

　　而且，這城的公車又特別討厭，就跟這小城一樣，樸素而遲緩。也許公車也有所謂的地域性吧，這裡的公車，遲到幾分鐘是稀鬆平常的事情，班次也七零八落，像是已屆退休之齡，卻不得不勉力支撐著工作的年老人士。但最讓她無法忍受的，是無事可做。

　　坐公車的時間很難熬。捷運上，她可以滑手機，聽音樂或廣播，以有意義的事填滿交通時間。但公車卻阻礙她進行一切消磨時間的活動——第一個禮拜，她嘗試著翻閱電子書，但陽光實在晃得刺眼，加上剎車帶來的作用力，讓她暈眩不已，胃幾乎要從喉嚨裡跳出來，在腳終於重新觸地的剎那，她幾乎要像個酒鬼那樣脫力跌倒。第二天，她試著聽廣播，但這裡的公車實在喧鬧，乘客們張揚得很，毫不顧慮他人，不像家鄉，大家或是輕聲交談，或是獨善其身，總是保持如薄冰般的寂靜。她才剛轉到熟悉的英文電台，後方便傳來一陣粗礪激動的婦女嗓音，在車內廣播著庸俗的抱怨。她默默收起耳機，因為不如意而焦躁，放棄了利用這段時間的想法，並再度思念起美好的家鄉。

也許是入境隨俗，也許是生命本能的自我安頓，經過兩個禮拜的顛簸，子麒已然習慣了嘈雜與皮革的氣味，甚至找到了打發時間的方法——觀察人群。

她本來就喜歡想像，喜歡放任自己跌入奇幻美妙的書中世界，也喜歡在路上觀察他人，想像他們的人生。也許人皆如此吧，總是喜愛探究他人的生命與秘密，否則八卦小報怎麼會長年存在呢。

鄉間的乘客比都市的有趣，像是這南邊的太陽，熱辣辣地散發著生命力。聽見中年婦女扯著大嗓，在電話裡將媳婦數落得一文不值的時候，總讓她想起俗濫的八點檔；看見低頭猛滑手機的國中生，露出不自覺的笑容，她總會疑惑，螢幕上顯示的究竟是是有趣的漫畫小說，還是對話視窗；妝容精緻的年輕上班族並不常見，但每次都讓她心情複雜，同時激起了她的鄉愁與期望——真希望能夠快些畢業，考回家鄉的大學，讀一個好科系，畢業後也打扮得光鮮亮麗，優雅地生活在那個便利的、快速的、多變的都市。

　　聲質有些破碎的廣播在這時響起，聽見「信晴高中」四個字，子麒便按了下車鈴。

　　下車時，她習慣性地摸摸書包，確認沒有東西遺留在座位上才站起身，抬頭時正好看見，前方一個穿著同樣高中制服的男生正在下車。原來不只有她一個人用這麼悲慘的方式上學。她想著，因為找到了同病相憐的人，這段旅途也不那麼讓人厭惡了。

　　意識到那個男生的存在之後，他便顯眼起來，不用特別尋找他的身影，就會自己映入眼簾。明明在此之前，她從未發現他的。

　　為什麼沒有發現，是因為他安靜得像是一株草吧。

　　他總是默默地坐在窗邊，望著外面，像是在進行光合作用。制服穿得很無趣，褲管略長，鬆垮垮的蓋在皮鞋上，領子很立，襯衫也算挺。因為向著窗外，看不清楚面容，只看見一副過時的黑粗框眼鏡，還有看起來像在快速理髮店剪的黑色短髮，讓他顯露出土氣。

　　書包上面甚麼掛飾也沒有，倒是鼓得驚人，整個人瘦瘦的，看起來沒甚麼力氣，也沒有愛運動的男生會曬出的那種膚色，大概是個書呆子。

　　噢，他戴著耳機，還是無線的呢。子麒看見頭髮間那不明顯的黑色無線耳機，好像發現了新大陸那樣，莫名地覺得好笑。他不會覺得很吵、聽不清楚嗎？還是，其實只是想要縮在自己的角落呢？

　　莫名的，子麒的眼光被他吸引了。也許是因為他的隨遇而安，因為同是天涯淪落人，也或許只是因為他給出的資訊太少，更有想像空間也不一定。他讓她想到只需要一點陽光跟水的苔癬，要求很少，慾望也很少，只要能縮在同樣的角落就滿足。

　　他一直看著窗外，似乎對她的眼神毫無所覺，子麒便更肆無忌憚地觀察著，在心裡描繪著動起來的他——大概是個認真、害羞、不愛說話的人，不喜歡打破規矩，每天都照著固定的行程生活，拼命念書，但還是很普通的那種人。她想得正歡，直到他突然轉頭，朝她一瞥。

　　她心頭一跳，像是做壞事被發現的孩子，趕忙低下頭去，捏著自己的手指。對方並未有進一步的反應，很快地轉回窗外，彷彿一切都沒發生。

　　他應該沒發現自己一直在看他吧？她舉起手，按著撲通撲通跳著的心，不覺有點羞赧。真像少女漫畫的開頭呢，同校，坐同一輛公車上學，什麼的。

　　她試著揮開這個想法，故意等他下了車之後，才慢慢地跟著他的腳步，進了校門。

　　「植物少年」（子麒給他取的綽號）真的如她所想像的一成不變。與喜愛換位子坐、在生活中增添變化的她不同，每次上車，都看見他坐在那個靠窗的位子，就像是永遠不變的一道剪影。

　　但他確實是活著的。第二天，突如其來的大雨讓她有些狼狽，屋漏偏逢連夜雨，上了車之後，只剩他旁邊的位子還空著。子麒現在只想坐下，顧不得可能被質問「為什麼昨天一直看我」的尷尬，乾脆地在他旁邊坐下了。他抬起頭看了她一眼，像是受驚的羔羊，有些困惑，但沒有惡意。她給了他一個微笑，而

他一下子便收回了視線，但那一秒的交集，也讓她發現他的眼睛十分清澈，帶著認真與執著。

雖然第一次的同座只是偶然，但後來卻成了莫名的習慣，這對她來說實屬難得，畢竟她總是三分鐘熱度，想到便做，膩了就放棄。只是，坐在他身邊確實舒服，他的身體與聲音從不越界，總是安靜地抱著臃腫的書包，撐著頭聽耳機。

他身邊總是有個位子，不曉得為什麼，彷彿這是個被所有人遺忘的角落。想著，她覺得這個想法浪漫且可笑，像是青春文學裡的主角會生出的傷感。

不知道如果跟他搭話，會發生甚麼事呢？

過了一個多月，子麒終究還是沒有主動跟他說過話。雖然在心裡將他劃分在朋友那一類別，但他們到底不認識彼此，只不過是每日同乘著一輛公車到學校的關係。只是固定的、認得彼此面容的乘客，下了公車以後，連要在學校裡找到對方，恐怕都會像大海撈針一樣徒勞吧。

對方似乎也同樣欲言又止。有時候他會抬頭同她對望，無意識地張開嘴，像是想說什麼，但最終總是選擇回過頭去，繼續戴著耳機聽他的歌。

他到底想怎麼樣呢？午休時，子麒邊吃著便當，一邊想著那個少年。其實她明白，她是在問自己到底想要怎麼樣。她總感覺，自己好像已經不是單純將他作為觀察對象了，好像變得更在意，更習慣……更重要了。

可是他根本不在意自己吧？子麒想著，因感到被冒犯而生氣，並沒有發現這是自己無意識的遷怒。同校的女生連續一個多月都坐在隔壁，就算不搭話，好歹也該點點頭、揮揮手，打個招呼吧？說不出話來就算了，還把她當作空氣一樣，轉頭躲到音樂裡，難道她就這麼沒有讓人想親近的慾望嗎？

那麼，就這樣吧！子麒忿忿地想著，在心裡對自己說。從今以後不要再坐在他身邊了，省得開始鑽牛角尖，浪費時間去想他。再說了，他有甚麼好的呢，明明就只是個像植物般無趣的，再普通不過的男孩子罷了。

子麒一向身體力行。十一月一日，她一上車，便揀了個右側靠窗的位子坐。初冬的陽光很弱，像是金紗那樣從天上鋪展下來，她便學著他，把手肘撐在窗沿，支著臉，看路過的樹換上暖色系的漸層。

驀地，她感受到左邊間斷的視線，她偏過臉用眼角餘光偷看，果然是他。

原來他也是在意我的。認知到這一點後，她的虛榮心被滿足，同時也感到心裡的缺口被填滿了，便有些得意地轉回去看窗外。就要他這樣，不能只有我在意。她想著，也不知道在同誰較勁。

但他也只是看著，仍然是之前那樣，僅僅只是觀望，從來不敢踏出一步。她莫名地又生起氣來，搶在他前面下了車，把皮鞋踩得咚咚響。

十一月中旬，她仍舊是隨意揀了個位子坐，看著窗外，想著接連來到的考試，將要到來的寒假，以及回家鄉過聖誕的計畫。在經過了三站之後，她感受到旁邊的座位沉了沉，子麒轉過臉，想知道是誰坐在她旁邊。

沒想到是他。

他慷慨赴義似的主動對上她的眼神，臉燒紅得像是剛採的草莓，囁嚅一會兒，才吐出這幾個月來的第一句話：「我可以坐妳旁邊嗎？」

她覺得好笑，從沒人這樣問過，總是看見了位子便坐，誰管旁邊的乘客願不願意，更別說他已經坐下了的事實，種種因素都讓這句話顯得更傻氣。

子麒忍不住笑了起來，發現他的臉更紅了。也許他就是這麼嚴肅又沒自信，連踏出一小步，都需要別人的首肯。

「就坐吧。」她說，看見他如釋重負，繃緊的肩膀放鬆了，手也放開了書包的背帶。

她瞧他，沒看見耳機，便單純好奇地問他：「你今天不聽音樂？」

他大概沒想到她會同他搭話，像是炸毛的貓，連簡單的一聲「嗯」，都被拉成一串顫音。他低下頭想了一會兒，抬起頭時眼睛閃爍著破釜沉舟那樣的決絕，直直地看進她的眼睛，問：「妳想一起聽嗎？」

　　她正要回答，卻聽見廣播說下一站是信晴高中。再過幾分鐘就要到了，現在分享也沒甚麼意思，但讓難得的對話在今天便結束，也同樣沒意思。

　　於是她微笑，說：「明天早上再分我聽吧。」

　　「……嗯。」她好笑地看著張皇無措，卻仍紳士地縮起腳，讓她先站上走道的他，朝他揮了揮手權當告別，踏著愉快的腳步，搶在他之前下了車。

　　他們的生活確實地交織在一起了。雖然仍然不認識，但就像是個不成文的約定，在她上車坐定後，他就會拖著不安的腳步坐到她身邊，小心地捏著耳機的邊緣，分給她右邊的那只。他們仍然是陌生的同學，從來沒在公車以外的地方碰過面，也不知道該去哪個班級叫著誰的名字找人。他們唯一的交集只在公車裡，也沒有任何人知道他們早上的秘密約會。

　　十一月的時候，子麒跟著他聽廣播，觀察到他有時會輕闔上眼，像是完全沉浸在音樂裡，那種專注的模樣，讓她覺得可愛。某一個星期四，DJ 播了〈怎麼還不愛〉，她第一次聽見，

喜歡上了歌詞與旋律，正想問他的感想，卻看到他又燙熟了的無措模樣。

「你不喜歡嗎？」她佯裝天真地問他，為他保持了面子。而他又只是應聲，無意識地把手在褲子上擦了擦。

總是好緊張的樣子。她想著，同時也因為意識到自己是他緊張的原因，而有些得意。到學校後，她把這首歌下載到了自己的手機。

廣播的 DJ 似乎會讀心，最近放的戀愛歌曲，都是曖昧或暗戀的類型，彷彿是為了銜接將到來的聖誕節。第二天早上，DJ 放了鄧福如的〈前面路口停〉，這次她饒有興味地直接偏頭看他。他無意識地咬著嘴，似乎認為這樣就能阻止他的臉變成紅色。

星期五早上，有一個年輕媽媽帶著小孩上了公車，整段路途都不時填充著高分貝的尖叫與哭鬧，廣播當然是沒辦法聽的了，子麒正無聊地看著自己的指甲，沒想到他卻突然說了一串話。

「嗯？你說甚麼？」

「……我說，我叫陳梓麟，二年三班的。」

「哦，我叫夏子麒，是十班的。」竟然在認識了一百天才交換名字，這種次序錯亂的認識方式，不禁讓她覺得有些荒唐。

「我們的名字聽起來很像一對耶。」她說，沒有考慮太多就出口的這個感想，讓他弄掉了收到一半的耳機。

下一個禮拜，他們開始聊天了，就像正常認識的朋友那樣。他跟她分享最近聽的音樂，她則跟他分享書上看來的故事。他總是很有耐心，露出他聽音樂的那種專注的表情，忘了緊張就那樣直直地盯著她看，彷彿她是太陽，而他在祈求陽光。

漸漸地，他們固定了行程，在禮拜三與五聊天，在其他時候聽音樂。他漸漸地放鬆下來，偶爾會害羞的笑，露出一些白牙。而她漸漸地愛上了搭公車的時光，變成以前搭車最討厭的那種人，在車上嘰嘰喳喳的說個沒完。

聖誕節是禮拜五。一大早，子麒便看到他抱著一個紙袋子，大概是聖誕派對要交換禮物吧。她想著，朝他揮揮手。

他卻露出當初那種緊張的神色，一坐下來便摸耳機，彷彿被甚麼追趕似的，急急忙忙地把一邊的耳機放到她掌心裡。

她沒多問便戴上，卻沒聽見熟悉的廣播，只聽見聖誕節經典的、甜的發膩的〈All I Want for Christmas Is You〉。

她抬頭看他，他以荊軻那種不歸的氣勢，把一張紙條遞過來。上面的字一板一眼的，就像他本人一樣。

我喜歡妳。上面這樣寫著。連告白都這麼樸拙。她忍不住逗他的心情，說：「可是我們根本不太認識對方吧？」

「我知道……但要是不說出來，我覺得我這一輩子都不會有機會認識妳了。」

「所以，能給我一個機會嗎？」他吞了吞口水，終於抬起頭來看她，把袋子往她的方向挪了挪。他又死死地捏著提袋了，臉也燙紅，跟第一次一樣，一定是傾盡所有勇氣，就為了告訴她這句話吧。

明明是個跟植物一樣討厭改變的人。

她想著他一連串的改變，露出微笑，接過了他手上的聖誕禮物。他如釋重負沒多久，又因為她拿出手機、把 line 的 QR code 遞過去而驚惶不安。

「那來交換聯絡方式吧？不然只能在公車上見面呢。」

「好、好的。」

不如聖誕節，就一起回家鄉玩一趟吧！子麒想著，彷彿已經看見在巨大的聖誕樹下面自拍、跟著唱起一首又一首聖誕歌的兩人。

國家圖書館出版品預行編目資料

沒有勇氣對你說／明士心、藍色水銀、君靈鈴、汶莎、六色羽、葉櫻　合著.
—初版.—
臺中市：天空數位圖書　2021.01
面：公分
ISBN：978-986-5575-16-8（平裝）

863.57　　　　　　　　　　　　　　　　　110000552

書　　　　名：沒有勇氣對你說
發　行　人：蔡秀美
出　版　者：天空數位圖書有限公司
作　　　者：明士心、藍色水銀、君靈鈴、汶莎、六色羽、葉櫻
編　　　審：龍璈有限公司
製 作 公 司：幸之助有限公司
照 片 提 供：傑拉德
攝　　　影：野人
模 特 兒：張若錡
封 面 設 計：Jackie
版 面 編 輯：採編組
出 版 日 期：2021 年 01 月（初版）
銀 行 名 稱：合作金庫銀行南台中分行
銀 行 帳 戶：天空數位圖書有限公司
銀 行 帳 號：006-1070717811498
郵 政 帳 戶：天空數位圖書有限公司
劃 撥 帳 號：22670142
定　　　價：新台幣 250 元整
電子書發明專利第　I　306564 號
※　如有缺頁、破損等請寄回更換

紙本書編輯印刷：
電子書編輯製作：
天空數位圖書公司　E-mail：familysky@familysky.com.tw　http://www.familysky.com.tw/
地址：40255台中市南區忠明南路787號30F國王大樓　Tel：04-22623893　Fax：04-22623863

Family Sky